AF498188

SATIRES DE MOEURS.

Par Désiré Tricot

(DE VALENCIENNES).

IMPRIMERIE DE A. PRIGNET, A VALENCIENNES.

AOUT 1842.

Préface.

Nous sommes loin d'être de ceux qui vont criant que l'époque actuelle est exclusivement entachée d'égoïsme, d'avidité, de corruption et de vénalité ; nous pensons cependant, qu'à ces titres, elle mérite, autant que celles écoulées, les flagellations de la satire.

Qui ne sait que la même somme de vices et de ridicules existe au monde depuis l'origine connue des sociétés ? Qui ne sait que vices et ridicules ne font que se transformer sous l'action des mœurs, des lois, des coutumes, en un mot de la civilisation lentement progressive et parfois accidentellement rétrograde, qui modifie incessamment l'humanité ?

Partant nous ne sommes point assez fat, assez bilieux, assez vertueux ni assez inspiré, pour crier aux vicieux et aux ridicules : *ô tempora, ô mores !* pour venir, comme Jonas aux Ninivites, leur prêcher, sous peine de mort, une pénitence qu'ils ne feraient guères, et si nous avons débuté par des menaces de flagellations, c'est purement par métaphore, pour arrondir notre phrase, et nous sommes trop débonnaire, en vérité, pour ne pas nous astreindre au précepte d'Horace :

> .... Ridendo
> Dicere verum quid vetat !

Si donc nous annonçons à nos concitoyens la publication d'une série de satires de mœurs, qu'on se garde bien de s'imaginer que nous allons enfler nos deux joues, pour déchaîner sur la société actuelle une tempête d'imprécations et de menaces ; telle n'est point notre intention : nous voulons simplement rire un peu de ce *bon siécle de fer,* si amateur du métal de son premier aîné.

Nos satires de mœurs seront exemptes de personnalités (nous détestons le scandale), mais puisées dans les vices et ridicules locaux, pour y attacher l'intérêt que nous désirons qu'elles offrent à nos lecteurs.

Nous avons d'ailleurs un aveu à faire. C'est que nous n'écrivons point pour le plaisir d'écrire, que nous n'écrivons que par métier, bien

que nous tâchions de nous élever jusqu'à l'Art.
Que si la Critique s'emparait de cet aveu pour
nous mal mener, nous lui dirions ingénuement
que nous ne sommes pas peu fier d'avoir, à dé-
faut d'autres, ce point de ressemblance avec
l'auteur latin que nous citerons encore, au ris-
que de nous faire prendre pour un pédant :

> . . . . Paupertas impulit audax
> Ut versus facerem.
>
> HORACE.

En face des cabales, des scandales et du
béotisme de notre chère cité, nous espérons
venir à bout de la tâche que nous nous sommes
imposée, à savoir de publier une satire par se-
maine ; *honni soit qui mal y pense.*

Nous saurons respecter ce qui est respecta-
ble, et nous maintenir dans les formes prescrites
au genre d'écrire que nous avons adopté. Nous
dirons aux trembleurs qui s'effraient à la simple
inspection de l'étiquette, qu'une satire de mœurs,
pour mériter ce titre, doit renfermer la mora-
lité, sinon l'austère gravité d'un sermon, et qu'en
fait de prédicateur, nous préférons Molière, qui
a peut-être fait rougir beaucoup de tartuffes hy-
pocrites, à Bourdaloue et à Massillon que, tout
éloquents qu'ils soient, on ne lit guères sans
ennui, et qui n'ont corrigé personne.

Nous remercions la personne honorable qui
veut bien agréer la dédicace de nos premiers
vers, et dont le gracieux accueil nous a déter-
miné à commencer un recueil de satires par un

panégyrique. Ce nom , placé au frontispice de notre recueil, suffira pour convaincre chacun de l'esprit de modération qui présidera à toutes nos publications.

Hergnies , le 1er août 1842.

Pour paraître successivement :

UN PHILANTHROPE.

LES PROTECTEURS.

LES ÉLECTIONS DE 1842, A VALENCIENNES.

UN MAUVAIS PROCÉDÉ.

LES SOEURS DE SAINTE-THÉRÈSE.

A M. BÉNEZECH DE SAINT-HONORÉ,

Maire de Vieux-Condé, Membre du Conseil d'Arrondissement et de la
Société d'Agriculture, des Sciences et des Arts de Valenciennes.

———

Vous qui vivez en philosophe, en sage,
Franc des soucis qui poignent les humains,
Loin des rumeurs de la ville, au village,
Dans un tranquille et riant ermitage,
Parmi les fleurs que cultivent vos mains ;
Vous qui savez, sans morgue, sans ivresse,
Modérément jouir de la richesse
Et des loisirs que vous a faits le sort,
Oh ! permettez que ma muse inquiète
Goûte, un instant, lasse d'un long essor,
L'ombre et le frais de la douce retraite
Où vos plaisirs n'ont jamais un remord !..

Si la science et l'étude sévère
Du barde errant, insoucieux trouvère,
Joyeux pinson, s'effarouchaient d'abord…
Rassurez-les, ces oiseaux de Minerve ;
En indiscret si je franchis leur seuil,
Pélerin sage, au moins, je me réserve
De troubler peu leur généreux accueil,
Las ! il m'a fui ce tems où l'on s'égaie
A chanter haut ses amours dans leur fleur,
Et si, tout bas, ma voix encor bégaie,

C'est un regret, c'est un chant de douleur !..
Folles amours, trop séduisantes fées..
Est-ce à jamais que vous m'avez quitté ?
Espoirs flatteurs, mélodieux Orphées,
Est-ce à jamais que meurent étouffées
Vos douces voix par la Réalité ?
Il est trop vrai ! fleurs, chants, amour, folie,
Projets mirés au prisme de l'Orgueil,
Vous n'êtes plus et la Mélancolie
Par la douleur affaissée et pâlie
Sur mon front jette un long crêpe de deuil !

D'ailleurs, chez vous, la Muse et la Science
Sont sur le pied d'une étroite alliance :
Sur votre front, lorsque l'une a semé
Le nénufar et les rides moroses ;
Tendre houri, fraîche et rieuse almé,
L'autre le ceint d'acanthes et de roses !..

Oh ! si le ciel m'avait assez aimé
Pour me doter d'un jardin et d'un chaume !
J'en aurais fait mon Louvre et mon royaume
Et mes désirs n'auraient point dépassé
D'un humble clos la haie ou le fossé !
Grande Nature, ô bois sombres, montagnes !
Ciel vaste et bleu qui sourit aux campagnes,
Pourquoi faut-il qu'une volage humeur
M'ait emporté dans les villes, grands bagnes,
Cherchant la Gloire et trouvant le Malheur !

Dieu l'a voulu.... Dieu qui sème et qui fauche
A son insçu la frêle humanité ;
Dieu qui, d'espoir, d'amour, de volupté,
Fait palpiter notre mamelle gauche...
L'urne dit-elle au potier qui l'ébauche :
« Pourquoi ma forme et ma fragilité ? »

Mon jour est froid, ma veille est inquiète,
Le Passé noir, l'Avenir menaçant...
Béni soit-il ! — je n'ai, pauvre poète,
Nul frais exil, nulle tiède retraite,
Nulle ange aimée au regard caressant....
Béni soit-il ! sur un terrain glissant
J'erre perdu ; le monde me rejette,
Au grand banquet, qu'à tous la vie apprête,
Ma coupe est vide et mon siége est absent....
— Mais au Lazare humble et reconnaissant
Puisqu'il permet d'y glaner une miette,
Béni, trois fois béni le Tout-Puissant !....

Vous dont l'estime énorgueillit mon frère,
Dont l'amitié le rend fier et jaloux,
Sera-ce en vain que vous fait mon confrère
La Muse, aux chants consolateurs et doux,
Et votre appui, me le dénirez-vous ?
J'espère mieux d'une âme noble et bonne....
Aux fous, d'ailleurs, il faut que l'on pardonne
Et les rimeurs sont de sublimes fous.

Mythes anciens des poètes, Icare,
Au sein des airs, nageur hardi, s'égare ;
La cire fond... il tombe, il est noyé ! .
Phaéton veut resplendir comme un astre :
Qui ne connait la gloire et le désastre
De ce soleil qui s'éteint foudroyé ?
Tel je péris.... Si vous n'avez pitié
De ma jeunesse à l'atonie en proie,
Saignante aux dents du malheur qui la broie,
Veuve d'espoir, hélas ! et d'amitié !....

Du vivre aisé loin duquel j'agonise,
Pourtant la source à ma soif peut jaillir ...

Vous possédez la verge de Moïse ,
Frappez le roc et le roc va s'ouvrir !
L'amour d'un frère , arbuste aux fleurs divines ,
Si par vos mains s'arrosent ses racines ,
Pour m'ombrager peut encor refleurir ;
Votre vouloir de tout mon sort dispose :
Par vous je suis ou rien ou quelque chose...
Vais-je renaître ou bien vais-je mourir ?

Las ! je le sais , froide comme la pluie
Que sur la vitre un souffle d'air essuie,
La plainte en vain , pour pénétrer les cœurs ,
En longs soupirs distille ses douleurs....
Sur leur surface ainsi que sur le verre
Elle bondit , elle glisse et soudain
S'évanouit , s'absorbe tout entière ,
Séchée au vent de l'oubli , du dédain...

— Mais votre cœur (on croit ce qu'on désire !
Offre à mon deuil un moins rigide accès ;
A mon espoir il s'ouvre et laisse lire
Bonté , douceur , garants de mon succès ,
Et , radieux , pour chanter vos bienfaits ,
Ma gratitude et son touchant délire
Sur un ton gai , tendre et doux désormais,
Je vais monter les cordes de ma lyre.

Hergnies , 26 juillet 1842.

LES SEPT PÉCHÉS CAPITAUX.

A MADAME H^Y.

J'étais enclin, je le confesse,
A la Colère, à la Paresse,
A l'Orgueil ; trois péchés maudits
Que Satan souffle à tous poètes,
A tous rimailleurs de sornettes,
Pour leur souffler le Paradis ;
D'en venir à résipiscence
Je me flattais pourtant déjà,
Mon bon Ange avec patience
Opérait ce miracle là ;
Débarrassé de mon bagage,
Déjà je m'élançais au ciel,
Sur son aile au brillant plumage
M'enlevait un doux Ariel ; . . .
Vous avez détruit son ouvrage
Et me voilà, tout interdit,
Replongé plus avant, je gage,
Dans le diabolique esclavage
De Lucifer qui s'applaudit.

De vos vins la chaleur exquise
A fait couler dans tous mes sens
Le poison de la Gourmandise ;
Dans vos yeux noirs , si caressans ,
Las ! j'ai puisé la Convoitise.
A votre aspect (j'en suis marri) !
Mon cœur, contre votre mari
S'est gonflé d'âcre jalousie.
J'ai maudit d'un pareil bonheur
Le trop aveugle possesseur,
Et j'ai connu la noire Envie.

Enfin , je le sens , je serais
Le maître d'un trésor si rare
Que des humains je deviendrais
Madame, hélas ! le plus Avare !...

Je comprends Eve à mes défauts .
Mon âme aujourd'hui par votre aide ,
A sept gros péchés capitaux...
Me voilà damné sans remède !
Mais que mon destin serait doux
Malgré l'enfer qui me possède ,
Si je pouvais l'être avec vous !

CE QUE COUTE LA GLOIRE.

Vanitas, vanitatum !....
ECCLES.

Quand le sein créateur du poète élabore
Une idée, embryon informe et frêle encore ;
Quand cette idée, éclose après un dur labeur,
Comète inattendue aux regards étincelle,
Une acclamation immense, universelle,
S'élève et porte aux cieux le chef-d'œuvre et l'auteur.

L'auteur est presqu'un dieu, son œuvre est un miracle,
Paris se transfigure en brillant tabernacle,
En nimbe éblouissant, en radieux Thabor ;
Autour du piédestal qu'on lui dresse, un Pactole
Se creuse, l'encens fume et l'on peut voir l'idole
S'énivrer de parfums et se baigner dans l'or !....

La Critique elle-même ajoute à son trophée :
Il dompte comme Hercule, il charme comme Orphée,
Ce Cerbère inflexible au reste des mortels.
La Gloire ouvre pour lui sa source longtemps close,
Poète, rien ne manque à son apothéose,
Rien, pas même l'Envie au pied de ses autels.

L'homme heureux, dit la foule, au bruit de la fanfare
Qui bondit saluant les clartés de ce phare,
L'homme heureux qu'un poète ! et le sort surhumain

Que lui fait sa moisson de splendeurs et de joies,
Tandis que nous glanons sur d'infertiles voies
Aujourd'hui la misère et l'oubli pour demain !

L'homme heureux, dites-vous, foule inepte et jalouse
Qui vous imaginez qu'une molle pelouse
Par des sentiers de fleurs à la gloire conduit....
Hélas ! s'il vous fallait par un désert de mornes,
Fournaise tropicale, immensité sans bornes,
Vous y traîner, râlants au soleil, comme lui ;

S'il vous fallait subir la niaise ironie
De la fatuité vous niant le génie,
S'il vous fallait voguer doutant presque de port,
Marcher dans votre foi tout seuls et sans apôtre,
Une cime franchie en rencontrer une autre,
La gravir pour en voir surgir une autre encor;

Si le doute poignant de vous et de votre œuvre
Venait vous mordre au cœur ainsi qu'une couleuvre,
S'il vous ténaillait l'âme, implacable bourreau,
S'il vous montrait la Morgue, ou bien, servante louche,
La Faim, vous apprêtant la misérable couche
Où mourut fou Gilbert, où tomba nu Moreau ;

S'il vous fallait enfin, ô vulgaire imbécille !
Vous entendre huer comme fous par la ville,
Boire le fiel amer de la pitié d'autrui,
Que vous envîriez peu le cilice de soufre
Et l'ardent *brazero* que le poète souffre
Dûssiez-vous en sortir phénix ainsi que lui.

———

L'EVANGILE.

A MON AMI J. TAPPA.

De profundis clamavi ad te, Domine !
PSAUM.

Jadis un bon vieillard qui n'était pas un aigle,
Homme de sens pourtant, me disait : « cher espiègle
 » Pourquoi, vous qui mordez à l'étude assez bien,
 » Qui déchiffrez Homère et lisez Quintilien,
 » Vous qu'Ovide intéresse et que charme Virgile,
 » Pourquoi ce grand mépris pour le Saint Evangile ?
 » L'Evangile, mon fils, c'est la fraternité,
 » C'est l'espoir, c'est l'amour, la foi, la liberté,
 » C'est la manne du pauvre et du blessé le baume,
 » Pour le riche, la clé du céleste royaume !…
 » Enfant ! vous n'aurez pas pour ce livre divin
 » Toujours tant d'injustice et d'aveugle dédain ;
 » Un jour, demain peut-être, ô cervelle frivole !
 » Vous rendra nécessaire un ami qui console,
 » Et vous réclamerez pour guide et pour appui,
 » Les autres vous manquant, vos rebuts d'aujourd'hui ! »

Hélas ! et je riais du prophète, et, superbe,
Je fauchais, à longs bras, mon existence en herbe,
Et la voyant s'étendre au lointain horison,
Large, belle, exhalant sa verte floraison,
Je m'imaginais, moi, tranquille en ma démence,
Ne suffire jamais à ma récolte immense ;
Et voici que déjà mon regard consterné
Aperçoit, ô mon Dieu ! tout le champ moissonné,
Et voici que mon cœur, comme un vase en ruine,
Laisse échapper l'espoir, cette liqueur divine ;
Que l'étude me pèse et que l'ennui m'atteint,
Que mon sang s'appauvrit, que mon âme s'éteint,
Et que, pareil à Job, hélas ! Seigneur, j'effraie
Mes plus proches parens de l'horreur de ma plaie !

Et je me remémore, en mon abjection,
Le sage et bon vieillard et sa prédiction,
Et je dis avec lui : le seul ami qui reste
Quand l'adversité frappe, est le livre céleste.